Au Village

(*Albums*)

17e Série

La Bibliothèque de mes Petits

J. GAUVIN

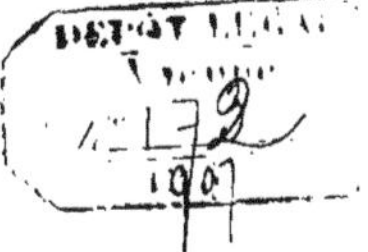

Au Village

PARIS
Société Française d'Imprimerie et de Librairie
(Collection **LECÈNE, OUDIN** et Cie)
15, rue de Cluny, 15

Au Village

Il est à peine jour, le jeune laboureur, la faux sur l'épaule, s'en va vers les prairies dans la plaine faucher l'herbe fleurie et parfumée qui sera le bon foin dont se régaleront les bêtes de la ferme : vaches et bœufs, ânes et chevaux.

Avant de partir pour l'école, Jean, le bon élève, caresse son grand ami Médor. Médor garde la ferme ; il surveille encore les deux chèvres Barbette et Cornette, qu'il empêche de s'égarer au loin dans la campagne.

Médor est un brave chien, très fidèle et très laborieux.

Sous le pommier fleuri, le laboureur et sa jeune femme se reposent en attendant la reprise du travail.

Ils sont heureux ; ils ont devant eux de belles journées printanières, des espérances de belles moissons. Ils rêvent tout haut et font de beaux projets pour l'avenir.

Mariette garde les oisons au fond du ravin.

Survient sa compagne Mélie, qui lui raconte une extraordinaire histoire pleine de détails terrifiants, si bien que Mariette a grand'peur et oublie dans son effarement le tricot qu'elle tenait dans sa main.

Les oisons s'arrêtent surpris, et grande est la tristesse de Mariette.

Elle pensera longtemps à l'histoire dramatique de sa camarade.

Elle y songera encore le soir à l'heure où le crépuscule étant venu, elle baignera ses pieds dans l'eau de la rivière pour les débarrasser de la poussière des chemins.

Elle écoutera pensive les bruits des grillons, les plaintes des crapauds qui troublent le silence nocturne, et elle se demandera si l'histoire de son amie Mélie peut être vraie.

C'est que Mariette est seule ; elle est orpheline, en service chez les autres, et elle n'ose guère faire part à personne de ses impressions.

Tout en haut des cheminées, les cigognes, revenues des pays chauds, ont fait leur nid, en même temps que les hirondelles sous le rebord des toits.

C'est le printemps !

Dans le bois aux jeunes pousses, les biches et les faons jouent et se reposent dans la clairière, après des courses folles à travers les taillis.

Ces animaux sont gracieux et doux, bien que sauvages. Il est presque regrettable de penser que le fusil du chasseur pourra frapper un jour ces pauvres bêtes.

La bergère a profité des beaux jours pour mener paître son troupeau sous les grands arbres de la forêt.

Près de leurs mères, les agnelets gracieux et mignons vont frotter leurs petits museaux à la toison maternelle. Les uns et les autres broutent l'herbe fraîche et parfumée, tandis que, appuyée contre le tronc d'un arbre, la jeune femme surveille son troupeau.

Louis aime beaucoup les mamans brebis et leurs petits agneaux.

Son papa lui a raconté que, jadis, son grand-père fut berger, qu'il avait un troupeau de moutons tout pareil à celui-ci.

Et Louis rêve de faire comme grand-père, d'avoir son troupeau à lui de moutons bondissants.

C'est qu'il aime bien les bêtes, petit Louis, les bêtes douces et utiles comme les agneaux.

Mais Louis n'aime pas les mauvaises bêtes comme on en voit dans la forêt. Il sait que les renards sont très méchants pour les poules et les oiseaux, pour les petits lapins ; aussi ne voudrait-il à aucun prix jouer avec un renard.

Voyez partir en campagne ce rusé et dangereux animal. Il vient de quitter son terrier pour une expédition prochaine. Fermière, ma mie, gare à vos poulettes. La dent de messire renard est bien dangereuse, vous le savez bien.

Dans leur poulailler, les poulettes sont bien tranquilles; le coq fait risette aux poussins nouvellement éclos et toute la volaille est là, bien à l'abri de ses mortels ennemis. J'ai jeté en passant un coup d'œil par la lucarne et j'ai vu la gent emplumée fort calme.

Certaine poularde grasse regardait avec envie la couveuse dans son nid.

Aussi quand maître Renard est venu, a-t-il trouvé porte bien close, et le fin matois a dû s'en retourner honteux sous les joyeux cocoricos du coq narquois !

Que de choses on peut voir au village !

Des gens heureux quand il fait beau, et des gens tristes et soucieux quand le temps est mauvais.

En hiver, par exemple, la campagne sous la neige semble désolée.

Et combien à plaindre, les malheureuses femmes qui s'en vont en forêt chercher le bois mort pour leur pauvre foyer !

Paris. — Société française d'Imprimerie et de Librairie.

www.ingramcontent.com/pod-product-compliance
Ingram Content Group UK Ltd.
Pitfield, Milton Keynes, MK11 3LW, UK
UKHW020458220726
13923UKWH00006B/2632